**Théophile Gautier**

Omphale oder
Die verliebte Teppich-Dame

*Eine Rokoko-Geschichte*

Gautier, Théophile

**Omphale oder Die verliebte Teppich-Dame**
Eine Rokoko-Geschichte

ISBN: 978-3-86267-495-4

Textgrundlage dieser Edition ist die deutsche Übersetzung von Helmut Bartuschek, Leipzig (1978). Der Text wurde der neuen deutschen Rechtschreibung angepasst.

Auflage: 1
Erscheinungsjahr: 2011
Erscheinungsort: Bremen, Deutschland

Europäischer Literaturverlag GmbH, Fahrenheitstr. 1, 28359 Bremen (www.elv-verlag.de). Alle Rechte beim Verlag und bei den jeweiligen Lizenzgebern.

Cover: Ausschnitt aus dem Gemälde "Der Liebesbrief" (1769-70) von Jean-Honoré Fragonard.

# Omphale oder
# Die verliebte Teppich-Dame

Eine Rokoko-Geschichte

www.elv-verlag.de

Mein Oheim, der Chevalier de ... (der Name spielt keine Rolle dabei) residierte in einem kleinen Haus, das nach der einen Seite auf die traurige Rue des Tournelles und nach der andern auf den ebenso tristen Boulevard Saint-Antoine Ausblick hatte. Zwischen dem Boulevard und Onkels Wohnpalais streckten etliche sehr gealterte Hagebuchen erbarmungswürdig ihre von Borkenkäfern zerfressenen, moosbedeckten dürren Arme aus einem etwas modrig riechenden Dreckwinkel, der von hohem, schwarzem Mauerwerk eingefriedigt war, gen Himmel. Ein paar armselige, bleichsüchtige Blumenstängel ließen trauernd ihre Blütenköpfe wie brustkranke junge Mädchen hängen und warteten sehnsüchtig darauf, dass ein Sonnenstrahl sich zu ihnen hereinstehle und ihre vor Nässe überfeuchten Blätter ein wenig trockne. In diesen »Alleen« hatten sich überall die Gräser so breitgemacht, dass man kaum mehr eine Spur von Weg erkennen konnte, so lange war es schon her, dass hier ein Rechen darüber hingegangen war. In einem Bassin, das von Wasserlinsen und Sumpfpflanzen über und über bedeckt war, schwammen oder vielmehr trieben ein, zwei Goldfische dahin. Mein Oheim nannte das seinen »Garten«. In diesem seinem »Park« gab es – außer den schönen Dingen, die wir eben beschrieben – einen Pavillon, der einen ziemlich griesgrämigen Anblick bot und dem sein Besitzer, zweifelsohne aus einem Sinn für den Gegensatz, den Namen »Wonnentempel« verliehen hatte. Er präsentierte sich in einem Zustand geradezu trostlosesten Verfalls. Die Mauern bauchten sich aus, vom Verputz waren ganze Stücke abgebröckelt und ruhten rings auf der Erde zwischen Brennnesseln und wildem Hafer; grünlicher Schimmel hatte die unteren Sockelpartien rundum überzogen. Die Fensterläden und Türfassungen sahen ganz verquollen aus; sie schlossen nicht mehr oder kaum mehr richtig. Eine Art breitbäuchigen Feuertopfs, aus dem übergoldete Strahlen aufstiegen, bildete die Dekoration des Haupteinganges. Denn zu den Zeiten Ludwigs des Fünfzehnten, den Zeiten der Erbauung des »Wonnentempels«, legte man an jeder solcher Luststätten – schon als Vorsichtsmaßnahme – immer zwei Zugänge an. Schwer überladen mit krausen Steingirlanden, dicken eirunden Ornamenten und Voluten war das ganze Kranzgesims, das von den immer wieder eingesickerten Regenwässern vollkommen zerwaschen und dem Einsturz nahe war. Mit einem Wort: Meines Oheim Chevalier de X... »Wonnentempel« war nur mehr als eine ziemlich jammervolle Bude anzusehen.

Diese trostlose Ruine aus einer noch gar nicht so lange versunkenen Zeit, dieser Kasten, dessen Alter man auf tausend Jahre geschätzt hätte, so verfallen sah er aus, und der nicht aus hartem Stein, sondern aus Stuck und hohlem Gips war, an allen Ecken und Enden Runzeln und Risse zeigte, zerfressen, ähnlich einem von der Lepra Befallenen, von Flechten und Salpeter – glich einem frühzeitig Vergreisten, den ein schlimmes Freudenleben ausgemergelt hatte. Sie flößte keinerlei respektvolle Bewunderung mehr ein, diese Ruine – denn es gibt in der Welt doch nichts Hässlicheres und Abstoßenderes als ein aus der Mode gekommenes Festkleid und eine alte, abblätternde Gipsmauer: beides Dinge, die keine so lange Dauer haben sollten und die doch noch immer so dauerhaft sind.

Und in ebendiesem Pavillon da hatte mich mein Herr Onkel einquartiert.

Seine Innenausstattung war nicht weniger Rokoko als das Äußere, immerhin ein wenig besser noch erhalten. Das Bett war von chinesischem Seidenzeug, gelb und weiß geblümt. Auf einem mit Perlmutt und Elfenbein eingelegten Sockel stand eine Rocaille-Pendeluhr. Um einen venezianischen Spiegel rankte sich kokett eine Girlande aus zierlichen Monatsröschen. Über den Türen waren, in der Camaïeu-Malerei jener Epoche, die vier Jahreszeiten abgebildet. Aus einem breiten ovalen Rahmen lächelte eine stolzbrüstige, leicht gepuderte Dame in himmelblauer Korsage, modisch geschnürt und über und über mit Bandschleifen gleicher Farbe geschmückt. In ihrer Rechten hielt sie einen Bogen, in der Linken ein Rebhuhn. Auf ihrer Stirn glänzte eine Mondsichel, und zu ihren Füßen schmiegte sich ein Windspiel. Es war eine von den ehemaligen Busenfreundinnen meines Onkels, die er da als Diana hatte abkonterfeien lassen. Das ganze Interieur war, wie man bemerkt haben wird, nicht gerade als sehr modern zu bezeichnen. Nichts hätte einen davon abhalten können, sich zu fühlen, als sei man da mitten in den Zeiten der Régence, denn verstärkt wurde diese Illusion noch aufs Beste durch die mythologischen Szenerien, die auf der Wandverkleidung dem Blick sich boten.

Die Hauptszene zeigte den zu Füßen Omphales spinnenden Herkules. Die Darstellung war, etwas gequält, in der Manier des Vanloo ausgeführt und in einem Stil à la Pompadour, wie man ihn sich nur irgend vorstellen kann. Die Kunkel, die Herkules schwang, war von einem Band in holdestem Rosarot umwunden. Mit einer ganz persönlichen Grazie spreizte er seinen kleinen Finger in die Luft, wie ein Marquis, der sich anschickt, seine Prise Schnupftabak zu nehmen, und dabei ließ er zwischen Daumen und Zeigefinger ein silbernes Flämmchen Flachs herumwirbeln. Sein nerviger Nacken war über und über behängt mit Bänderchen und Rosetten, mit Perlenschnüren und tausenderlei anderem weiblichen Tand. Ein weites, taubengraues Übergewand, das ihm als ausladender doppelter Reifrock um die Hüften schaukelte, gab diesem Heroen und Besieger von Ungeheuern ein vollendet galantes Aussehen.

Omphales marmorblanke Schultern waren zur Hälfte umhüllt von dem Fell des Nemeischen Löwen. Mit ihrer zarten Hand stützte sie sich auf die knorrige Keule ihres Liebhabers. Ihre schönen goldblonden Locken, auf denen ein leichter Puderglanz lag, ringelten sich lässig längs ihrem Hals herab, einem Hals, so zärtlich schmiegsam wie der einer Taube. Ihre Füßchen, so winzig wie die einer Spanierin oder Chinesin – selbst Aschenbrödels gläserner Pantoffel wäre noch zu weit für sie gewesen –, staken in halbantiken, zartlila, perlenübersäten Kothurnen. Wahrhaftig – entzückend war sie! Ihren Kopf hielt sie zurückgeworfen, mit einer Miene schmollenden Trotzes, die einfach hinreißend war. Köstlich das Mündchen, wie es sich mutwillig kräuselte, unter ihren leise bebenden Nüstern, den Wangen, die in leichtem Feuer glühten. Das »unwiderstehliche« Schönheitspflästerchen, geschickt hingetupft unterm Lid, erhöhte noch den alles entwaffnenden Glanz ihrer Erscheinung. (Nur das Schnurrbärtchen fehlte ihrem Gesicht noch, um aus ihr einen vollendeten sieggewohnten weiblichen »Musketier« zu machen).

Auf jener Teppichszenerie gab es noch die verschiedensten anderen Persönlichkeiten, die obligate Begleiterin und den kleinen Amor natürlich auch, aber sie haben in meiner Erinnerung keine so ausgeprägten Eindrücke mehr hinterlassen, dass ich hier ihre Schattenbilder nachzeichnen könnte.

Zu jener Zeit war ich noch ein recht junger Bursch, was nicht besagen will, dass ich jetzt ein sehr alter Knabe geworden bin. Aber ich war seinerzeit geradewegs aus dem Pennal gekommen und wollte erst mal ein Weilchen bei meinem Herrn Oheim Station machen, bis ich die richtige Wahl im Beruf für mich treffen könnte. Hätte der gute Mann auch nur den leisesten Schimmer davon gehabt, dass ich mich der Fabelgöttin in die Arme werfen würde, er hätte mich zweifelsohne gleich wieder vor die Tür gesetzt und unwiderruflich enterbt. Denn er machte keinerlei Hehl aus seiner aristokratisch tiefen Verachtung, die er gegen die Literatur im Allgemeinen und die Literaten im Besonderen an den Tag legte. Als echter Edelmann, als der er sich fühlte, hätte er am liebsten diese Sorte Menschen, diese Tintenzwerge, die nichts können als nur schönes Papier vollschmieren und ganz respektlos Persönlichkeiten von Rang und Stand ins Gerede bringen, durch seine Bediensteten wollen hängen oder mindestens durchprügeln lassen. Gott gebe meinem armen Onkel seinen Frieden und seine Ruhe! – aber er schätzte wirklich in der Welt nichts als die Moralepistel an Zétulbé ...

Also, ich kam dazumal frisch von der Schulbank und steckte voller Illusionen und Traumfantasien. Ich war noch so naiv, ja vielleicht mehr noch als ein sittsames Tugendröschen aus dem dörflichen Salency. Glückselig in dem Gefühl, meinen Schulmeistern mit ihren ewigen »*Pensums*« endlich entronnen zu sein, fand ich, diese Welt der Freiheit sei doch wirklich die beste aller möglichen Welten. Für mich hatte das Dasein keine Grenzen mehr. Ich schwärmte in allem Ernst für die Schäferin des Monsieur de Florian, für all die weiß gepuderten, gekämmten Lämmchen. Nicht einen Augenblick kamen mir Zweifel gegen die munter trippelnde Herde der Madame Deshoulières. Ich glaubte an die leibhaftige Existenz der neun Musen so felsenfest, wie es der Pater Jouvency in seiner »Appendix de Diis et Heroibus« behauptete. Meine Erinnerungen aus Berquin und Geßner zauberten mir eine kleine Welt vor die Augen, in der alles rosig, himmelblau und apfelgrün war. O du heilige Einfalt! »Sancta Simplicitas!«, wie Mephisto sagt. –

Wie ich mich nun so in diese schöne Umwelt versetzt fand, in diesen Raum, der mir, mir ganz allein gehören sollte, erfasste mich eine Freude, wie ich gleichermaßen sie noch nie empfunden hatte in meinem jungen Leben. Sorgsam nahm ich jedes kleinste Möbelstück für mich in Augenschein, in jeden Winkel steckte ich meine neugierige Spürnase. Fast im siebenten Himmel fühlte ich mich und glücklich wie ein König. Nach unserem gemeinsamen Souper (denn bei meinem Herrn Oheim »soupierte« man noch – eine charmante Gewohnheit, die sich leider gleich so manch andern nicht weniger charmanten Gepflogenheiten verloren hat, was ich von Herzen bedauere) nahm ich meine Leuchte und zog mich zurück, so sehr brannte ich darauf, meine neue Behausung wiederzusehen.

Während ich mich entkleidete, war es, wie wenn Omphales Augen sich bewegt hätten. Ich schaute schärfer hin, nicht ohne ein leichtes Gefühl der Angst dabei zu empfinden, denn der Raum war sehr groß, und der schwache Lichtkreis, der zitternd um die Leuchte waberte, machte das Dunkel nur um so unheimlicher. Mir war, als hätte ich wieder gesehn, wie Omphale eben ihren Kopf nach der entgegengesetzten Richtung wendete. Nun überkam mich aber wirklich die Angst. Ich pustete das Licht aus, drehte mich der Wand zu, zog mir das Bettlaken über den Kopf und die Nachtmütze dicht bis unters Kinn – und so schlief ich zu guter Letzt ein.

Mehrere Tage wagte ich nicht meine Blicke auf die unheimliche Wandverkleidung zu richten. Vielleicht ist es hier ganz angebracht, um die unwahrscheinliche Geschichte, von der ich gleich Weiteres zu erzählen habe, wahrscheinlicher zu machen, wenn ich meinen schönen Leserinnen vorab verrate, dass ich wirklich zu jener Zeit ein ganz hübscher

Junge war. Die schönsten Augen der Welt hatte ich, das muss ich sagen, weil man es mir gesagt hat. Und einen Teint, der noch etwas frischer glänzte als heute: von blühenderem Rot, wirklich! Eine braune, lockige Mähne nannte ich mein eigen, wie übrigens auch jetzt noch, und siebzehn ganze Lenze zählte ich – wie heute nicht mehr! Was mir einzig noch fehlte: eine liebenswürdige Frau Patin, um aus mir den Cherubino zu machen, der sich sehen lassen konnte. Aber leider hatte die, welche ich so titulieren konnte, bereits ihre siebenundfünfzig Jahre auf dem Rücken und nur noch drei Zähne im Munde: Was sie also auf der einen Seite zu viel aufweisen konnte, hatte sie auf der andern zu wenig ...! Eines schönen Abends immerhin fasste ich mir doch wieder einmal ein Herz und warf einen mannhaften Blick auf die schöne Freundin des Herkules. Sie schaute mich an – mit dem traurigsten und zugleich sehnsüchtigsten Mienenspiel der Welt. Da zog ich vor Schreck diesmal meine Nachtmütze gleich bis auf die Schultern herunter und fuhr mit meinem Kopf tief unter die Kissen.

In dieser Nacht hatte ich einen ganz seltsamen Traum; wenn es überhaupt ein Traum war:

Mir deuchte, eben hätten vernehmlich die Ringe an meinem Bettvorhang geklirrt, als würden die Gardinen jäh auseinandergeschoben. Ich erwachte – wenigstens war es mir in meinem Traum, als erwache ich: Ich blickte um mich – niemand da!

Nur der Mond schaute durch die Scheiben; sein bleiches, bläuliches Licht flutete durch das große Zimmer. Lange, absonderlich geformte Schatten zogen sich auf dem Fußboden und an den Wänden hin.

Die Uhr schlug – einmal ... Der Ton bebte lange nach im Raum, ehe er zitternd verebbte. Er klang wie ein Seufzer. Deutlich war es zu hören, das feine regelmäßige Pochen der Pendelschläge, und es glich zum Verwechseln dem erregten Klopfen eines menschlichen Herzens ...

Mir war in meiner Lage durchaus nicht heiter zumute. Ich wusste nicht, was ich denken oder sonst noch tun sollte.

Ein wütender Windstoß brachte die Fensterläden zum Klappern und die Scheiben zum Erzittern. Im Wandgetäfel knackte es, die ganze Teppichszenerie bewegte sich. Ich wagte einen Seitenblick zu Omphale hinüber, denn in meiner Verwirrung hatte ich das dunkle Gefühl, dass an all diesen Geschehnissen – sie selber nicht ganz unbeteiligt sein möchte. Und ich hatte mich nicht geirrt: Durch die Teppichszene ging ein heftiges Wogen ... Omphale löste sich von der Wand, schwebte leicht auf das Parkett nieder und flog geradewegs auf meine Bettstatt zu, mit der graziösesten Bewegung, die ihr nur eignete.

Unnötig, glaube ich, ist es, meine Sprachlosigkeit zu schildern. Auch der alterfahrenste, unerschrockenste Kriegsheld hätte sich in solch einem Augenblick nicht gewappnet genug gefühlt: Und ich war ja weder ein alterfahrener Mann noch ein Kriegsheld! So harrte ich schweigend dem Ausgang des Abenteuers entgegen.

Eine flötenzarte, lieblich perlende Stimme klang an mein Ohr. Sie hatte jenes kehlige, etwas gekünstelte Gezwitscher, wie es in den Tagen der Régence bei den Marquisen und andern vornehmen Leuten von gutem Ton gepflegt und beliebt war:

»Mach ich dir Bange, mein Kleiner? Du bist in der Tat noch ein ganz großes Kind! Aber das ist doch gar nicht vernünftig von dir, Damen gegenüber solche Bange zu haben – besonders wenn sie jung sind und dir so gewogen! Das ist weder feine noch französische Art – wirklich, hierin musst du dich noch arg bessern! Nun, nun, kleiner Angsthase, so komm doch schon aus den Kissen heraus mit deinem Kopf und starr mich nicht immerzu so entgeistert an! Allerhand werde ich wohl noch zu tun haben, bis ich dich so weit kriege, du wagst ja noch nicht einmal den kleinsten Schritt, mein hübscher Page. Zu meiner Zeit zeigte sich solch ein Cherubino tausendmal beherzter als du!«

»Ja aber, Madame, das ist doch ...«

»... doch höchst überraschend für dich, willst du sagen, nicht wahr: mich bei dir hier und nicht da drüben zu sehen!«, sagte sie, kniff lächelnd mit ihren Perlenzähnchen ihre

Unterlippe zusammen und deutete mit ihrem feingliedrigen schmalen Finger auf den Wandteppich hin. »Gewiss, natürlich ist dir die Sache ein bisschen ungewohnt, und wenn ich sie dir jetzt zu erklären suchte, würdest du sie kaum besser begreifen. Gib dich denn darein, wenn ich dir sage, du wirst keinerlei Gefahr laufen ...!«

»Ich fürchte, dass Sie der ... der ...«

»... der Teufel gar sind! Nennen wir doch mal das Kind beim rechten Namen! Nicht wahr, das wolltest du sagen? Immerhin wirst du wohl zugeben, dass ich für solch ein Teufelswesen wirklich nicht schwarz genug bin, ja, und wenn die Hölle schon von Wesen meiner Art bevölkert sein sollte, dass man dann seine Zeit dort so angenehm zubringen würde wie im Paradiese!«

Zum Beweis dessen, dass sie nicht zu viel versprochen, warf Omphale das deckende Stück ihres Löwenfells nach rückwärts und ließ ihre Schultern sehen und einen Busen von makellosester Form und blendender Marmorweiße.

»Nun, was sagst du dazu?«, fragte sie mit der Miene selbstsicherer Koketterie.

»Ich sage – und wenn Sie der Leibhaftige selber wären: So hätte ich keine Angst mehr vor Ihnen, Madame Omphale!«

»Das heiße ich geistvoll gesprochen! Nun aber kein Wort mehr von Madame noch Omphale. Ich bin für dich nicht Madame, und Omphale bin ich sowenig wie der Teufel!«

»Wer sind Sie denn nun wirklich?«

»Ich bin die Marquise de T... Kurze Zeit nach unserer Vermählung ließ der Marquis diesen Gobelin da für mein Boudoir als Wandschmuck herstellen, auf dem ich als Omphale figuriere und er selber als Herkules. Eine in der Tat höchst ausgefallene Idee, die er da gehabt hat; denn, Gott weiß, niemand ähnelte weniger dem Herkules als mein armer Marquis. Seit Langem hat keine Menschenseele diesen Raum hier mehr bewohnt. Und ich, die ich natürlich die Geselligkeit so über alles liebe, ich hab' mich tödlich gelangweilt und fast die Migräne darüber bekommen. Denn sich fortwährend nur in Zweisamkeit mit seinem Gatten zu wissen, heißt sich allein fühlen. Nun hast du hierhergefunden, das macht mich glücklich! Neues Leben ist für mich wieder in dies verödete Lusthaus eingezogen. Ich habe wieder jemand, für den sich mein Herz erwärmen kann. Ich sehe dich kommen und gehen. Ich höre dich schlafen und träumen. Was du da liesest, ist auch meine Lektüre. Vom ersten Augenblick an fand ich dich reizend, in der ganzen Haltung, in dem Mienenspiel, irgendetwas an dir zog mich sofort an, kurz, ich verspürte gleich – es war Liebe, die ich zu dir empfand! Ich suchte mich dir bemerkbar zu machen. Ich schickte dir meine Seufzer, du nahmst sie für die Stimme des Windes. Ich machte dir Zeichen, ich warf dir schmachtende Blicke zu, aus denen meine Sehnsucht sprach, und erreichte lediglich damit, dir eine schreckliche Angst einzujagen! Als letztes verzweifeltes Mittel habe ich mich zu diesem etwas gewagten Schritt entschlossen, um dir in aller Offenheit anzuvertrauen, was du verblümt nicht begreifen wolltest. Nun, da du weißt, dass ich dich liebe, hoffe ich ...«

So weit waren wir gerade in unserem Zwiegespräch, als sich plötzlich das Klirren eines Schlüssels am Türschloss vernehmen ließ. Omphale fuhr zusammen und errötete bis in das Weiße ihrer Augen.

»Adieu!«, hauchte sie. »Auf morgen ...!« Und sie entschwebte rückwärts an ihre Wand, zweifelsohne aus der Besorgnis, mich ihre Kehrseite sehen zu lassen ... Es war Baptiste, der gekommen war, meine Kleider zum Ausbürsten zu holen. –

»Es dürfte Ihnen gar nicht guttun, junger Herr«, sagte er, »so bei offenen Vorhängen zu schlafen! Sie könnten sich arg verkühlen, der Raum ist zu kalt!«

In der Tat waren die Bettvorhänge auseinandergezogen – zu meiner nicht geringen Verblüffung. Ich konnte nicht daran zweifeln, dass es nur ein Traum war, aus dem ich eben erwachte, aber ich hätte schwören mögen, dass ich die Bettgardinen am Abend geschlossen habe.

Kaum war Baptiste wieder aus dem Räume, da lief ich auch schon zu dem Wandteppich hin. Ich befühlte ihn von allen Seiten. Es war wirklich nichts anderes als ein Gobelin aus echter Wolle, der sich so fest und rau anfühlte wie jeder andere auch: Und die Omphale auf ihm glich meiner bezaubernden nächtlichen Erscheinung wie ein totes einem lebendigen Wesen. Ich lüpfte ihn an einer Ecke: Die Wand dahinter war vollkommen massiv! Auch nicht die geringste Spur von einer geheimen Tür oder einer verdeckten Öffnung hinter einem Paneel! Das Einzige, was mir auffiel, war, dass am Gobelin selbst, und zwar an der Stelle des Gewebes, wo Omphales Füße ruhten, etliche Fädchen durchgewetzt waren. Das stimmte mich nachdenklich.

Den ganzen Tag lief ich wie geistesabwesend umher; vor innerer Aufgeregtheit und einer Spannung ohnegleichen, voller Herzklopfen zugleich, konnte ich es kaum erwarten, bis der Abend da war. Frühzeitig schon zog ich mich zurück, fest entschlossen, zu sehen, wie das alles noch enden würde. Ich legte mich zu Bett: Die Marquise ließ nicht auf sich warten. Wieder schwebte sie von der Wandflache hernieder und sank geradewegs auf mein Ruhepfühl zu, wo sie es sich dicht neben meinem Kopf bequem machte, und die Konversation war gleich wieder im schönsten Gange. Wie am Vorabend wandte ich mich mit Fragen ihr zu und wollte nähere Erklärungen von ihr. Sie umging die einen, beantwortete mir die andern ausweichend, alles mit so viel Esprit, dass ich nach Verlauf eines Stündchens schon nicht mehr die geringsten Zweifel über die Liaison hegte, die mich mit ihr verband.

Während dieses unseres Zwiegesprächs spielten ihre schlanken Finger mit meinen Locken; hin und wieder gab sie mir kleine Patsche auf die Wangen und streifte meine Stirn mit ihren flüchtigen, leichten Küssen. Dabei plauderte und plauderte sie in einem fort auf ihre spöttische und zugleich zärtliche Art, in einem Redestil, der wirklich ebenso erlesen wie launig-zutraulich war; und bei all dem blieb sie durch und durch *grande dame*, wie ich so seither nie wieder eine erlebt habe.

Anfangs ruhte sie lässig auf der Bergere neben mir, bald aber schlang sie einen Arm um meinen Hals, und ich fühlte, wie ihr Herz nah dem meinen schlug. Ah, wie ich es fühlte, und sie neben mir, eine wirkliche, schöne, berauschende Frau, eine wahre Marquise: Ich armer Schulbub mit meinen siebzehn Lenzen, da sollte man nicht den Kopf verlieren ...! Und ich verlor ihn auch! Und was dann geschehen musste – ich hätte es nicht sagen können: Ich fühlte nur dunkel, es konnte das keinesfalls auch des Herrn Marquis Gefallen erregen!

»Und der Herr Marquis? Was wird der da drüben sagen an seiner Wand ...?«

Die Löwenhaut war zu Boden geglitten, und die zartlila, silberblanken Kothurne lagen aufgenestelt einträchtig neben meinen Pantoffeln.

»Nichts wird er sagen!«. lachte meine Marquise aus vollem Herzen hellauf. »Sieht er denn etwas? Und wenn er etwas sehen würde! Er ist ein sehr über den Dingen stehender Mann von Welt und als nachsichtiger Ehegatte an Derartiges gewöhnt! Liebst du mich, Kleiner?«

»O sehr, sehr ...«

Der Morgen graute, und die Herrin meines Herzens entschwand mir wieder.

Der öde Tag schien mir kein Ende nehmen zu wollen. Endlich nahte der Abend! Alles kam wie in der vorigen Nacht: Wahrhaftig, die zweite Nacht brauchte nicht neidisch hinter der ersten zurückzustehen. Immer anbetenswürdiger wurde meine Frau Marquise!

Solch zauberhaftes Beieinandersein wiederholte sich noch eine schöne Weile. Da ich aber keine Nacht mehr ein Auge zutat, brachte ich die Tage dazwischen in einer Art Halbschlaf zu, der meinen Herrn Oheim nichts Gutes ahnen ließ. Ihm stieg ein Verdacht auf; vermutlich hat er auch noch an meiner Türe gelauscht und so die ganze Geschichte mitgehört! Denn eines schönen Morgens platzte er so stürmisch in unser Gemach herein, dass meine Marquise Antoinette kaum Zeit fand, an ihren Platz zurückzuschweben.

Ihm auf dem Fuß folgte ein Tapeziergehilfe, mit Zange und Leiter bewaffnet.

Mein Herr Oheim blickte mich streng von oben herunter an. Mir war klar: Er wusste alles!

»Wirklich toll, diese Marquise! Wo – zum Teufel! – hatte sie ihren Kopf! Ihn sich von solch einer Rotznase verdrehen zu lassen! Sie, die doch vernünftig sein wollte!« – So ähnlich knirschte er zwischen den Zähnen hervor und setzte hinzu: »Jean, dieser Teppich muss herunter! Einrollen und gut verwahren sollen Sie mir ihn oben auf dem Speicher!«

Jedes Wort meines Onkels traf mich wie ein Dolchstoß.

Jean rollte meine geliebte Omphale – oder, wie man will: Marquise Antoinette – mitsamt dem Herkules – anders gesagt: mitsamt dem Herrn Marquis – zusammen und entführte alles miteinander vor meinen Augen hinweg auf den Speicher. Ich konnte meine Tränen nicht mehr zurückhalten ...

Am folgenden Morgen schickte mein Herr Onkel mich mit der nächsten Eilpost meinen ehrenwerten Eltern zurück, denen gegenüber ich, wie man sich denken kann, nicht den leisesten Ton von der ganzen Geschichte verlauten ließ.

Mein Oheim segnete das Zeitliche; sein Lusthaus und damit sein ganzes Mobiliar gingen in andere Hände über, auch die Teppichszenerie wird dabei ihren Interessenten gefunden haben. Vor immerhin einiger Zeit nun geschah es, dass ich bei einem Kuriositätenhändler – ich stöbere immer mal nach alten hübschen Kostbarkeiten herum – mit meinem Fuß an eine dicke verstaubte Rolle stieß, die ganz von Spinnweben überzogen dalag.

»Was ist das?«, fragte ich den Mann.

»Das da? Ein Rokokoteppich! Omphale mit Herkules stellt er dar. Echtes Stück aus der Wirkerei von Beauvais: alles auf Seide, noch tadellos erhalten! Schaffen Sie sich's doch an: als schönen Wandschmuck für Ihr Arbeitszimmer. Ich gebe ihn preiswert ab, weil Sie es sind!«

Bei dem Namen Omphale schoss mir alles Blut zum Herzen. »Rollen Sie mir ... den Teppich auf!«, bedeutete ich dem Händler mit so heftigem, halb stockendem Ton, als hätte mich jählings das Fieber gepackt. Sie war es – meine Omphale! Mir war, als blitzten ihre schimmernden Augen wieder auf, sowie sich unsere Blicke begegneten, und als kräuselten ihre Lippen sich zu einem anmutigen Lächeln.

»Wie viel wollen Sie haben dafür?«

»Aber solch ein Stück wie das kann ich Ihnen nicht billiger hergeben als für – vierhundert Francs! Dann stimmt's gerade!«

»Soviel habe ich im Augenblick nicht bei mir, doch ich will eilen, die Kaufsumme herbeizuschaffen! Binnen einer Stunde stelle ich mich wieder ein ...!«

Als ich wieder eintraf, mit dem Geld in der Tasche, war mein Wunschstück nicht mehr da. Ein Engländer hatte den schönen Wandschmuck in der Zwischenzeit für sich erhandelt. Er hatte – sechshundert Francs dafür geboten und das Ergatterte gleich unterm Arm davongeschleppt.

Alles in allem genommen ist es vielleicht auch ganz gut, dass es so gekommen ist: Auf die Art habe ich mir mein köstliches Erlebnis rein und ungetrübt in der Erinnerung bewahrt! Sagt man doch, besser sei es, auf seine erste Liebe nicht mehr zurückzukommen noch die Rose wiedersehen zu wollen, die man am Abend zuvor noch bewundert hat.

Und im Übrigen bin ich auch leider nicht mehr so jung und nicht mehr hübsch genug, dass sich eigens mir zuliebe eine schöne Marquise aus ihrem Gobelin herunterbequemte.